과분한 사랑 정말이
항상 감사드립니다!

GARBAGE TIME

DASAN
COMICS

#05

가비지타임

글·그림 **2사장**

CONTENTS

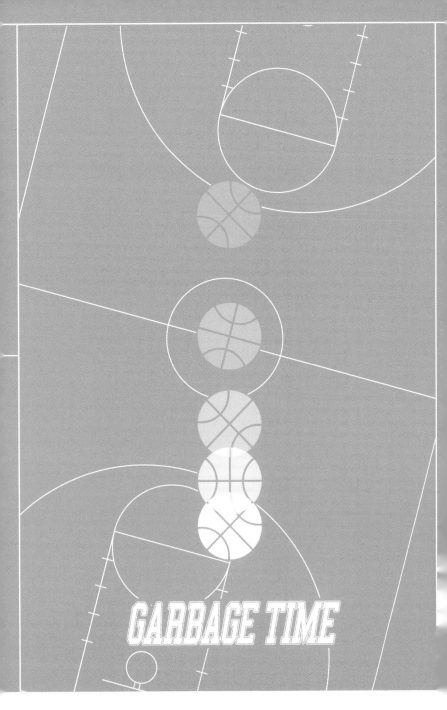

GARBAGE TIME

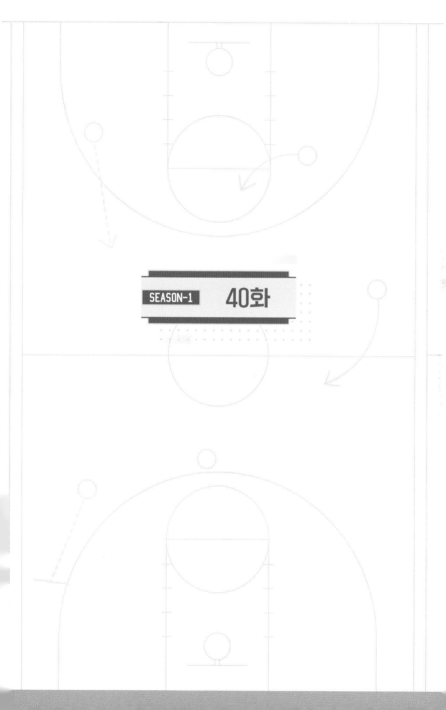

GARBAGE TIME

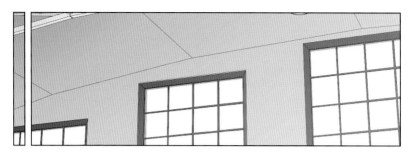

마!

내가 패턴 부르고
안 되면
뭐 하라 했노?

투맨게임이요.

GANG

근데
왜 안 하는데?

왜 니들 맘대로
다 건너뛰고 일내일
하느냐고!?

어!?

니들이 농구
그래 잘하나!?

......

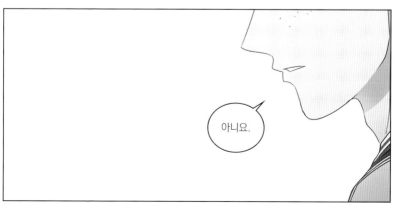

아니요.

태성이 너 인마 패스 두세 번 돌았으면 시계 한번 보라고 했나 안 했나!?

타임아웃은 그렇게 아끼더니

대회장까지 와서 이런 거 하나하나 알려줘야 돼? 어!?

아까운 하프타임은 애들한테 화풀이하느라 다 쓰는구나.

쯧.

으앗…!

23번 파울 네 개째다!

아니 태성아! 거기서 파울을 왜 하냐고!

죄송합니다.

사리랬잖아!

우우우~ 23번 더럽게 좀 하지 마라!

누구 맘대로 23번 달래!? 번호가 아깝다!

염병…

최악이다
진짜.

분위기도
안 좋은데

준수 형은
오늘 자유투까지
안 드가고….

준수 형!

유희성 화이팅!

안 들어가는 거
신경 쓰지 말고
계속 던져요.

던지다보면
분명 숏감
돌아올 거예요.

숏감이라…

개인적으로
그런 추상적인
표현을 그다지
좋아하지 않는다.

31번의
기록을 보면

그날그날 경기마다
3점 성공률의 차이가
크다는 걸 알 수 있다.

롤러코스터라고
불리는 부류지.

좀 더 나쁘게
표현하자면

'기복이 있다.'

어느 날은
'숏감이 좋아서'
다섯 개 중 다섯 개를
성공시키고

어느 날은
'숏감이 안 좋아서'
다섯 개 중 하나도
넣지 못한다.

$5/5 = 100\%$

$0/5 = 0\%$

하지만

5/5, 0/5, 3/7, 2/6, 4/1   1/

그날그날의 기록들이
충분히 모이고 나면
비로소

그 슈터의
진짜 3점 성공률이
만들어지지.

39.7%

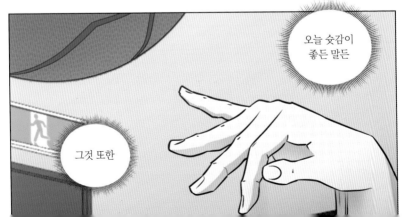

여기!

높다…!

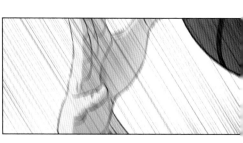

23번…

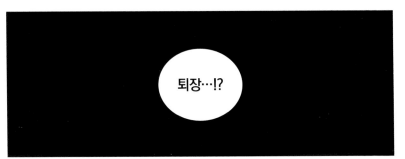

퇴장…!?

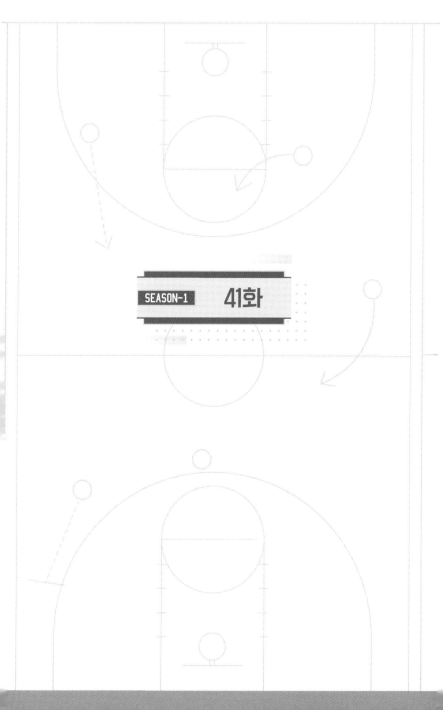

GARBAGE TIME

......

하…

푸핫

게임 터졌다.

자,

잠깐만요!

이게 왜 파울이에요?
진짜 다 까고
공만 쳤는데!?

나와봐!
내가 얘기할 테니까!

잘 가.

저 씨X…

너 이 X끼 밖에서 만나면 뒤질 줄 알아라!

워, 나이스 스크린.

하…

상호!

예…!

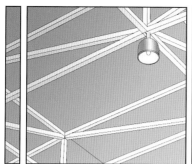

6번
나왔네요.

상호!

니가 분위기 좀
바꿔주라.

니밖에 없다.

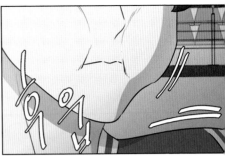

WONJOONG

......

잘 쫌
받아쳐봐라!

훗
그래….

따분해서

『죽을 지경』이었다.

히죽

JISANG

6

유, 육십팔 퍼센트 정도 회복했지.

육십팔 퍼센트…?

…그래.

내 3점슛 퍼센티지보단 낮은 수치지.

…!

훗.

내게 진 빚은
잊지 않았겠지?

…

물론.

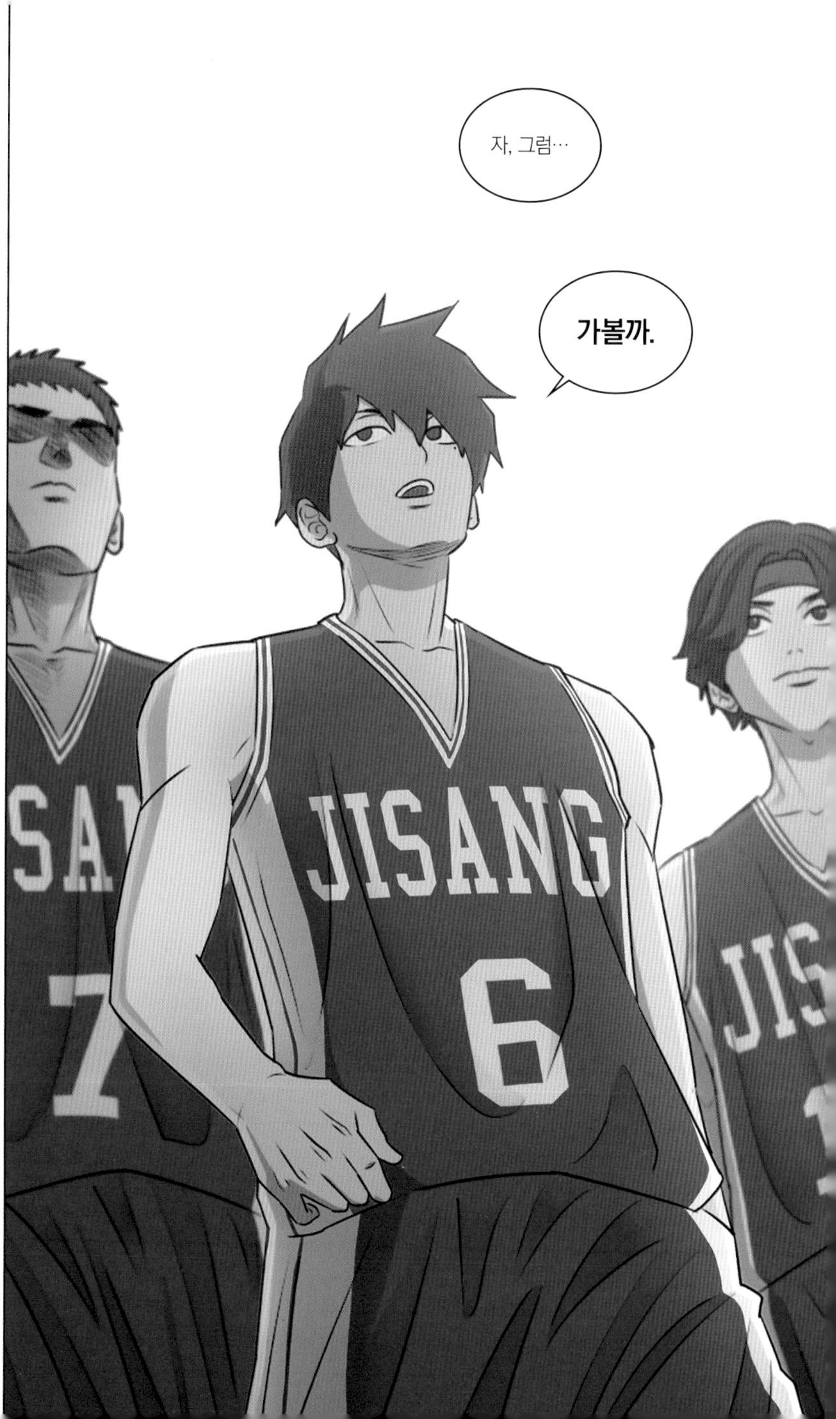

자, 그럼…
가볼까.
SA
7
JISANG
6
JIS

그때랑…

49

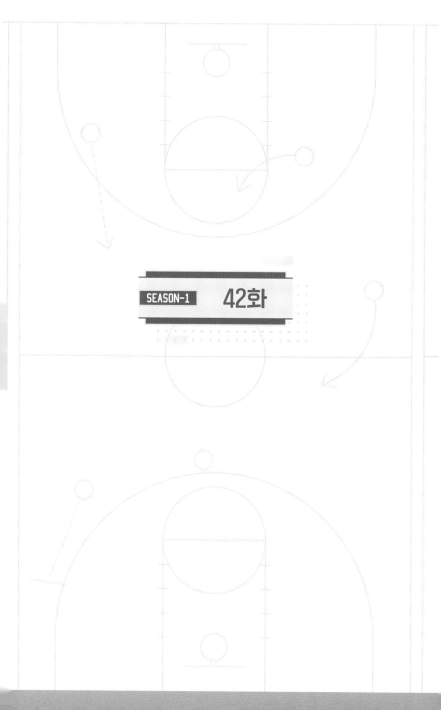

SEASON-1 42화

GARBAGE TIME

영중아.

네?

만약 나중에
지상고 6번이
나오잖아?

네.

그러면
그때는…

현성아.

니가 생각해도
이상하지 않냐?

6번.

출전 기록이
아예 없어서
참고할 만한 데이터를
얻진 못했지만

조형고와의
경기 영상으로
어느 정돈
알게 됐지.

6번은

그 박병찬을
상대로

꽤 좋은 수비력을
보여줬어.

게다가

13번보다
직접 득점하는 능력은
떨어지지만

장거리슛을
보여줌으로써
코트를
넓혀주기도 했다.

이거
누가 봐도

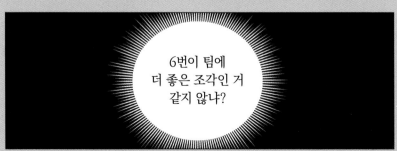

6번이 팀에
더 좋은 조각인 거
같지 않냐?

그런데도

박병찬이 벤치로 들어가자마자 불러들인 것도 모자라서

화이링!

JISANG 6

23

오늘 경기엔 지금까지 코빼기도 안 보인다?

......

현성아.

숨기려고 하면 할수록

거짓말은 더 티가 나는 법이란다.

수비엔 운이라는 게 없지만 슈팅은 아니지.

에어볼!?

빽차다!

얘들아.

예!

슬슬 준비해라.

망할.

상호가 나오고부터
돌파할 틈이…

형!

여기요!

크윽!

엄청
무겁잖아…!?

6번이
밀리고 있어!

준수야.

나 잠깐
갔다 올게.

얌전히
기다리고 있어.

알겠지?

62

준수야.

선배가 돼가지고 그렇게 소리를 질러대면

동생들이 패스할 수밖에 없잖아.

으…

현성아.

점수 차 줄이려고
똥꼬쇼 하지 말고
4번이나 좀 돋보이게
해줘봐.

8강 실적은
다음 대회에
챙겨주면 돼.

상대가 무려
원중고야.

나 말고도
보러 온 사람들
많다고.

한 명이라도
잘 보여야 나머지
3학년까지 끼워팔지.

뭐, 4번이
누구 끼워팔 만한
재능까진 아니지만…

혹시 모르는 거잖아?
꼭 끼워파는 게 아니라도
나중을 위해 잘 보여서
나쁠 것도 없고 말이지.

하… 아재요.
용건만 간단히 하고
가이소~

애들 대학 보낼
생각 하라는 말이지.

고등학교 코치가 뭐
우승 많이 해야
명장인 줄 아냐?

**대학 잘 보내야
명장이지.**

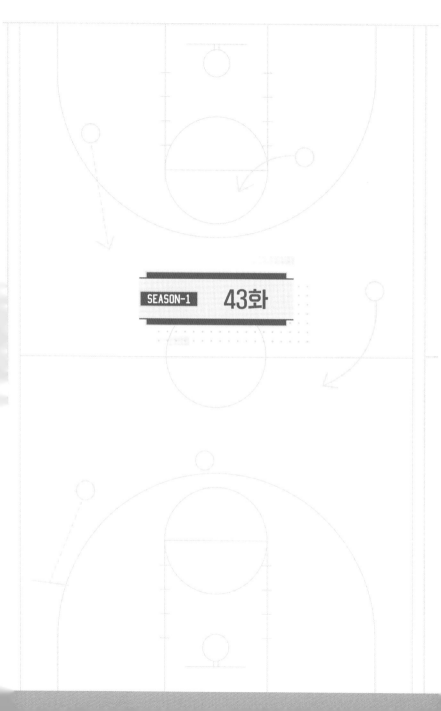

SEASON-1 43화

GARBAGE TIME

야, 이거
봐봐.

배X맨.

아 형!
빨리 벗어요!

형 머리 커서
망가진다고요!

뭐?
뒤질래?

하…

00 : 00
지상고 원중고
4
52 : 90

지상고등학교

원중고	2승 0패
조형고	2승 0패
지상고	0승 2패
양훈사대	0승 2패

탈락 확정

반면에
지상고는…

일회성 패턴만
여러 개 달달 외워서
주구장창 그것만…

JISANG

31

그마저도 제대로
되지도 않고.

몇 명은 아예
생초보 같던데?

동작 자체가
어설프더라니까.

현성아.

선생님?

여긴
어쩐 일로….

다음 경기
준비할 겸.

에휴, 말도 마십쇼.

교체 못 하는 거 알아서 그러는 건지 말은 더럽게 안 듣고

농구는 지지리 못하는 것들이 성질머리만 더러워가지고…

또, 입엔 걸레를 물었나.

그거 완전히 니 얘기 아니냐?

예?

아무 말도 아니다.

암튼 간에

그냥 농구만 가르치면 되는 건 줄 알았는데 대학은 또 뭐고….

그냥 농구만 가르치면 되는 건가….

현성아, 너는

애들한테
그냥
농구 코치냐?

걔들 중에
몇 명이나
프로가 될 거라고
생각하냐?

…

글쎄요.

열 명을
가르치면

**고작
한두 명이야.**

걔네들은
말이야.

대부분이
부모님들이랑 떨어져서
숙소 들어가 살고

어른이
되어줘야 돼.

교실 들어가봤자
선생님들이
신경 쓰지도 않아.

주변에 어른이라곤
너뿐이야.

그렇게
하지 않으면

혹시라도
애들이
잘못되고 나서

뭐? 누구?

아, 아닙니다.

…

뭐, 말은 이렇게 했지만 나도 잘 못하는 거란 말이지.

옷쌰

난 간다, 이제.

잘 생각해봐.

어른으로서

뭘 가르쳐주고 싶은지.

햄, 거 진짜가?

진짜 조형고가 이겼다고?

낸 안 믿을란다.

믿기 싫으면 믿지 마라 빙X야.

내 바로 옆에서 얘기하는 거 들었다니까.

아니, 양훈 아들은
무슨 조형고한테 발리노?
21번도 못 뛰었을 거
같은데.

난 그렇게 될 줄
알았음. 걔네 졸 못함.
재유 형도 조형고가
이길 거라 했는데.

하… 성준수
시X 또 지X
X나 하겠네.

농구력
0.8 기상호인
XXX끼.

0.8 기상호는
뭐임?

농구 실력의
최소 단위
'1 기상호'.

니는 얼만데?

SANG

어…?

헐…

누나 방금 진짜
개똥 씹은
표정이었는데….

공태성 붕X
보러 오라고 지X발광하더니
오늘 니 쇼하는 거만
실컷 봤겠네.

님 연애도
이제 망한 거 아님?

우와 태성이
여자친구도 있어?

JISANG
31

X나
좋아 보인다?

운동은 X나
안 나오더니 게임 망쳐놓고
여자랑 놀 시간은
있었나보네?

신기하다 참.
니 같은 X끼랑 놀아주는
정신 나간 애가
다 있을 줄이야.

뭐라노
ㅂ시 같은 게.

게임은 지가
다 말아먹은
주제에.

너 일어나봐
XXX아.

뭐고,
이 X끼들이…!

마!

잘 생각해봐.

뭘 가르쳐주고 싶은지.

얘들아⋯.

친구들끼리⋯

사이좋게
지내라⋯.

차라리
잘됐다….

이제…

가,

감독님!!?

더 떨어질 데도
없으니까….

GARBAGE TIME

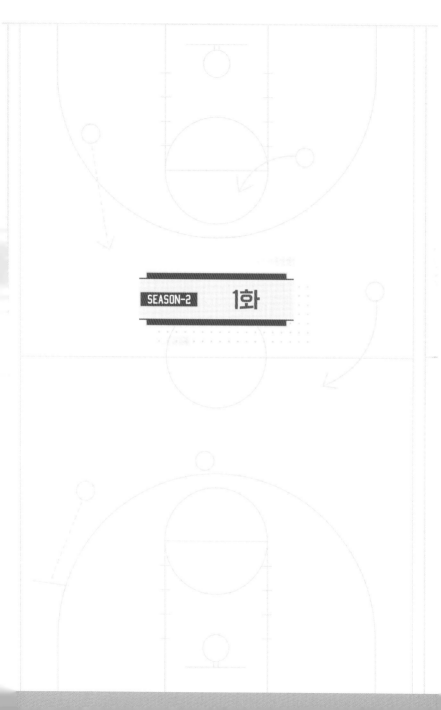

SEASON-2   1화

GARBAGE TIME

협회장기 세 번째 경기
양훈사대부고전.

우리는
어수선한 분위기 속에서도
나름 선전하며
초반을 앞서갔지만

경기 중반
재유 형이 발목을
다치게 됐다.

다행히 큰 부상은
아니었지만

재유 형은
경기를 마저
뛸 수 없었고

결국 역전을
허용하게 되면서

00 : 00
양훈사대   지상고
4
54 : 48

이번 대회를
3패로 마무리했다.

경기 후 감독님은
남은 경기를 관전하고
돌아오겠다며
대회장에 남으셨고

재유 형은
부상을 치료하는 동안
집에서 쉬기로 했다.

태성이 형은
당분간 집에서
통학을 하게 됐다.

코치님은
자기가 없는 숙소에서
준수 형과 태성이 형이
같이 있는 것이
걱정되셨던 모양이다.

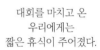

협회장기 끝나자마자
굴린다고 투덜대지 마
몇 주 뒤에 바로 쌍용기라
어쩔 수 없어

대회를 마치고 온
우리에게는
짧은 휴식이 주어졌다.

오 마이 달링

마이 달링~

지상 FESTIVAL

― 사랑, 용기, 희망 ―

지상

널 품에 안으며~

나의 마음을

고백하고파~

오 마이 달링
마이 달링~

입술에 닿으며

달콤하게 덩원찬

사랑 전환찬~

지상고등학교
밴드부 '파워코드'의
무대였습니다!

다음 순서는

지상고등학교
응원부

어,

'천상단'의
무대입니다.

누나 나왔다.

천상단
회장님?

동아리 소개
한 말씀 해주시죠.

…네!
그럼 준비한 무대
함께 보시겠습니다!

은
개먹짐

그리고 보니
은재 누나

햄이 오란다고
경기 보러 왔네.

축제 준비한다고
바빴을 텐데도.

우와…!
무서워서
못 보겠다.

하 씨,
저딴 걸 왜
하는 거고?

내 먼저
간다.

아직 누나 무대
안 끝났는데? 됐다!

와 흰옷 X나 이쁘다.

내가 찜.

붕X. 니 주제에 되겠나?

어떤 ㄴ이든 내는 못 당하지.

미친놈.

낄낄

아!

아 X팔 문 앞에서 걸리적거리지 말고 좀 꺼지라!

죄, 죄송합니다…!

117

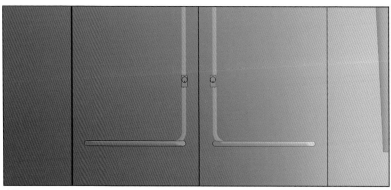

태성이.

태성이 어디 갔어?

아직 안 왔는데요.

아직은 무슨, 그냥 또 안 올 작정인 모양인데.

에휴, 통학시키니까 또 바로 땡땡이네.

집엔 있답니까?

전화해봐야죠.

할 맘 없는 애는
내보내는 게

태성이나 다른
애들한테 좋겠다는
생각도 들어요.

놈이도 되고
재능도 분명히 있는 놈인데
참…

으아악!!!

테러리스트다!

서,
서은재!?

이 중에 덩크슛을
할 수 있는 녀석이
있다면 인질을
풀어주도록 하지!

내,
내가 하겠다!

날 마을버스 하이재킹 테러리스트로부터 구해줘서 고마워…!

덩크슛 너무 멋있었어!

오이오이! 선남선녀들끼리 이러기야!?

부럽다고! 젠장!!!

아까 그 덩크슛 다시 보여줄 수 있나?

당연하지! 잘 보라고!

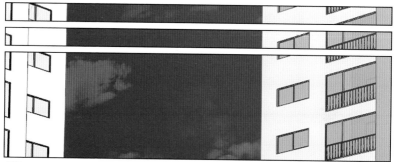

마! 하워드!

어?
아저씨
안녕하세요!

왐마 오랜마이네!
한동안 안 보이길래
이사 갔나 했다.

요새 쫌
바빠갖고…
농구는 못 해도
구경하러는
꽤 왔었는데.

하긴 고등학생
되니까는 공부한다고
바쁘제?

네, 뭐….

와 니는
못 본 새에 몸이
더 커벗네?

니는 진짜
농구 선수 했어야 됐는데
아깝데이 참말로.
지금이라도
해볼 생각 없나?

......

하긴,
이제 와갖고 시작하긴
쫌 늦었제?

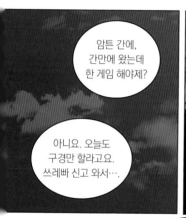

암튼 간에,
간만에 왔는데
한 게임 해야제?

아니요. 오늘도
구경만 할라고요.
쓰레빠 신고 와서….

에라이, 그래!
하지 마라!

짜피 니 끼모
재미없다!

거참
너무하시네.

낄낄

내는 농구 하러 간다.
자주 쫌 오래이.

네.

131

푭, 하워드란다.

하워드가 다
얼어 죽었는갑지?

감독님…?

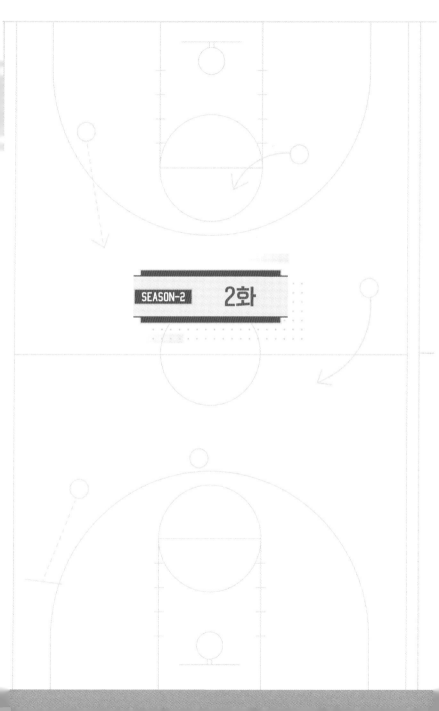

GARBAGE TIME

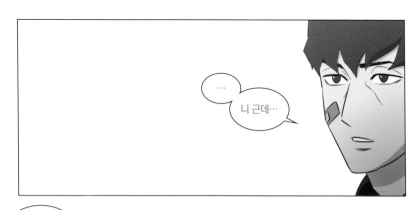

…
니 근데…

발가락은
뭐 하다 다쳤노?

이거요?

왜 그때
발 밟혔을 때
발톱 빠져갖고….

…짜슥이
다쳤으면 다쳤다고
말을 해야지….

어차피 뛰다보면
아픈 것도
안 느껴지고…

말해봤자
어쩔 수 있는 것도
아니잖아요.

저 빠지면
제 자리에 누구
넣게요?

상호?
준수 형?

……

X끼…

미련한 짓은
하지 마라.

근데 여긴
어떻게 알고
찾아오신 거예요?

찾아오긴,
그냥 농구 쫌
할라고 나왔더니
니가 딱…

거짓말인 거
다 알아요.

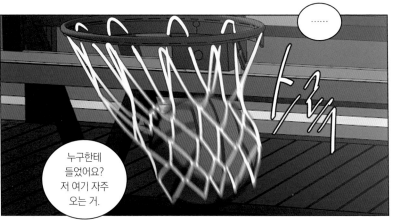

……

누구한테
들었어요?
저 여기 자주
오는 거.

누구한테 듣기는,
감이지 감.

……

근데 낸 이해가 안 간다.

농구 안 할라고 도망간 놈이 농구장에 와 있는 게.

여기랑 체육관이랑 뭐가 다른데?

천장 있는 거뿐이 다른 게 없구만.

완전히 다른데요?

여기선 실수 쫌 했다고 쌍욕 박는 사람도 없고

다들 저랑 팀 먹고 싶어 하거든요.

… 근데 니…

짝사랑은 잘되고 있나?

네? 누구를요?

왜 그 키 크고 허여멀건한 애 좋아한다 안 했나?

좋아하긴요? 그런 성격 이상한 애 누가 좋아한다고….

픕!

찌질이 특징.

네?

태성이를 벌써 숙소에 들였다고요?

아직은 좀 이른 거 같은데….

준수랑 다시 문제 생길 일은 없을 겁니다.

어제부터

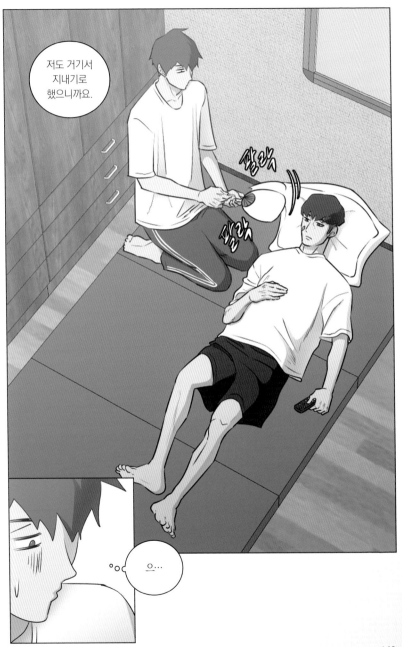

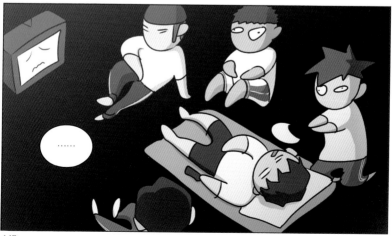

뭐 먹을 거
없나….

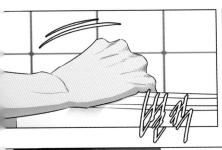

아니 무슨
냉장고에
곰파이뿌이
없노?

부모님들이 무라고
반찬 보내주신 건
하나도 안 묵고
라면만 뭇나….

거기서 지내시는 김에
애들도 잘 부탁드려요.

거기가 숙소라고
부르긴 하는데
사실 그냥 애들 모아둔
자취방이거든요.

저도 가끔
들르긴 하는데

……

밥은 제대로 먹는지,
잠은 제때 자는지도
걱정되고….

장 쯤
봐야긋네.

생각보다
빨리 나아서
다행이데이.

부우웅

그래도 의사 선생님 말대로 당분간은 조심하고.

알았제?

……

농구
그만할까 한다.

엄마.

내…

부
으
으
응

……

엄마라면

니 뜻대로
해야지….

말려줄 줄
알았는데….

엄마도 이제 농구 알 만큼 알겠지.

내가 그다지 잘하는 게 아니라는 것도.

재유!

웬일이고?
먼저 보자고
연락을 다 하고.

오랜만이다.

기철이.

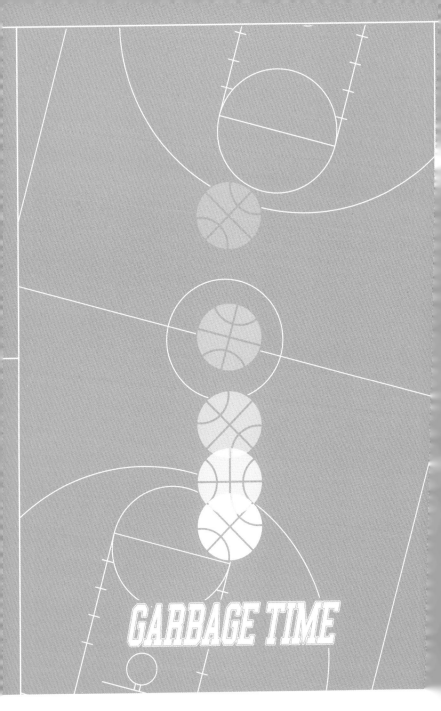

GARBAGE TIME

SEASON-2 3화

GARBAGE TIME

와?
애들한테
미안해가?

어.

근데 뭐,

애들이야
섭섭하긴 하겠다만
그건 그거고.

니 인생이
더 중요하지.

금마도
지 살길 찾아
떠났는데.

…

닌 뭐 하는데?

낸 그냥
재수할 작정 하고
수능 준비하고 있다.

왜 니는
체대 입시
안 하고?

니 뛰고 달리는 거
꽤 잘했다 아이가?

잠깐 학원
다녀보긴 했는데
금방 관뒀다.

와?

그때 다친 거
때문에?

거 말고도
관절이 다 상해 있어가
못 하겠더라고.

근데 뭐…

멀쩡했어도 관뒀을 거 같다.

운동하는 건 이제 지겹거든.

……

재유 니

체대 입시 준비하는 애들이 제일 어려워하는 종목이 뭔 줄 아나?

뭔데?

제자리
멀리뛰기.

니도 알제?
제자리멀리뛰기같이
순발력 관련된 거는
아무리 운동해도 X나
안 느는 거.

9할이
타고나는 거라고.

나머지 1할이
노력인데 노력 안 하는
놈이 학원에 있겠나?

결국 타고나는 게
전부라는 말이지.

공부도 해보니까
똑같더라.
누군 공부가 제일 쉽다고
하는데 염병,

공부머리랑
성실하게 책상 앞에 앉아서
노력할 수 있는 성격은
영혼 같은 게
만들어주는 줄 아나?

잘은 몰라도
다 뇌랑 호르몬 그런 게
타고나야 되는 거겠지.

……

시험 점수도, 농구도

다 태어날 때 정해진 거였는데 그걸 X팔…

고3이 돼서야 깨달았다.

아무튼, 쉽지 않을 기다.

내도 해보고 느낀 건데

163

포기하는 데에도

용기가
필요하더라고.

기철이
니 말이 맞다.

어?

내는 쫌…

왔나?

안녕하세요…?

용기가
부족한 거 같네.

아무리
생각해도

발목은
괜안나?

농구 안 하면
뭐 할 수 있을지도
모르겠고

그만두기에도
너무 늦었지 싶다.

이제
멀쩡해요

오래 쉬었으니까
내일부터는 좀 굴러도
괜찮제?

네

하하

내는

갈 데가
여기뿐이
없네.

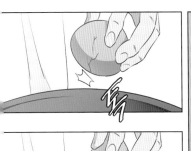

앗!

껍질까지
드시려고요?

싸가지 없는
노무 짜슥이….

계란
줘보세요.

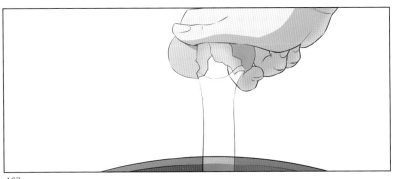

마! 니가 요리를 그래 잘하나!?

그러니까 그냥 제가 차리겠다 그랬잖아요! 괜히 나서가지고는….

태성 햄이 농구 빼고는 못하는 게 없어요.

저 X끼가….

니는 여 왜 왔노?

심심해서요.

미친놈인가?

그래, 마침 잘됐다.

안 그래도 다 모여서 볼 게 있었는데….

어느 폴더예요?
오목눈이?

아니, 그거는
누르지 말고
거 옆에.

아.

협회장기 전 국구대회

정희찬
탐욕 보소.
저기서 패스를
안 주네.

숏도 없으면서
무슨 저기서 공을
받겠다고….

뒤질래?

그라믄

…

아뇨.

그 전에 상호가
수비 실패한 거는
왜 뭐라 안 하노?

그 앞에 공태성이
자유투 놓친 것도
욕 쫌 해주고

맨 앞에 김다은이가
점프볼 못 딴 거까지
얘기해야지.

점프볼은
제가 땄는데…

그다음엔 뭐

누가 삽질 많이 했는지
하나하나 세가
제일 못한 놈 하나
추려내면은

그제서야
끝낼 기가?

미안한데,
그렇게 한 명 뽑아봤자
여기선 방출도 못 시키고
트레이드도 못 하니까

앞으로 내 앞에서
남 탓하지 마래이.

저도
우리가 지는 기고…

이 팀의
가장 큰 문제를
꼽으라면

팀이
아니라는 것.

......

이렇게 하면

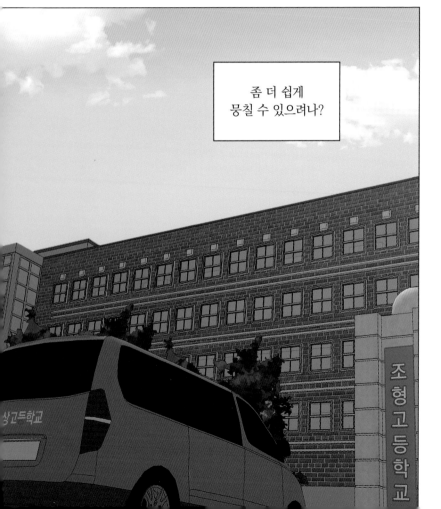

좀 더 쉽게
뭉칠 수 있으려나?

SEASON-2   4화

GARBAGE TIME

쌍용기
농구 대회까지
남은 시간 1주.

그사이 마지막 일정으로
조형고와 합동 훈련을
진행하기로 했다.

하나!

둘!

하나!

둘!

......

JISANG

텐션이
와 이래 낮노?

그동안
너무 편하게 해서
그런 기가?

아닙니다.

텐션 쫌 올려놓고
연습 게임 시작하자고.
마지막으로 떵크
한 번씩만 하자.

예!

얘들아.

자, 자~!

분위기
살리고 갑시다!

내부터 간다!

와다앗!!!

으앗!

아무리 생각해도
쟤 저번에 감독님한테
덩크 먹였다는 거
구라 같음.

백퍼 구라지.
쟘마 덩크
못 한다니까.

185

대회 때랑
똑같이만 해,
똑같이만.

이번엔
21번도 없으니까
쟤마들 무서울 것도
하나 없다고.

예.

이번엔
진짜 제에발
한 번만 이겨보자.

알겠제?

예.

192

21번은
아예 보이지도
않네.

......

심하게
다쳤나…?

굿샷!

| 지상 01 : 12 조형 |
| SCORE | PERIOD | SCORE |
| 38 | 3 | 43 |

......

21번이 없어서
무난하게 이길 줄
알았는데…

대회에서 만난 게
고작 몇 주 전.

당연히 양쪽 다
드라마틱한 기량
발전은 없다.

달라진 것은
딱 두 가지.

상대가 프레스를
대비해놨다는 것과

준수가 원중고와의
경기 이후

슬럼프에
빠졌다는 것.

아!!!
진짜 씨ㅍ…!

저 X끼는 진짜….

지상 10 : 00 조형

SCORE | IOD | SCORE
40 | 4 | 45

마, 준수!

니는 골을 넣으라니까는 왜 골대랑 싸우고 있노!?

골대한테 성질 부리면은 안 드가던 게 드가나 인마!? 어!?

아니요.

니 한 번만 더 성질 부리고 분위기 망치기만 해봐라.

진짜 마지막 경고다.

네.

하…

아까 점마들이
우리 보고 뭐라
쑥덕거린 줄 아나?

훗. 지상고가
연습 상대라니.

근본도 없이 농구 하는
X밥 자식들이
어딜 기어 들어와?

**철저히
짓밟아주자고.**

팀을 뭉치게 하는
방법.

공공의 적을
만들어준다!

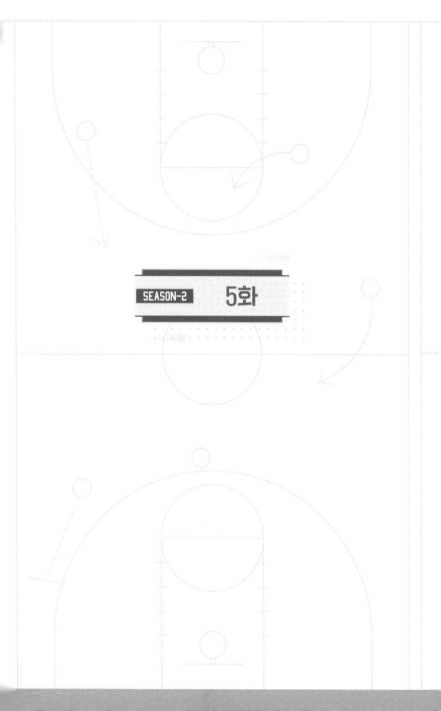

SEASON-2 5화

GARBAGE TIME

언뜻 보면 원중고 경기 때와 똑같은 일이 생길 것 같지만

그때와는 분명히 다르지.

이번에는 정말

빙글!

동점이다!

지상 06 : 24 조형

CORE	PERIOD	SCORE
48	4	48

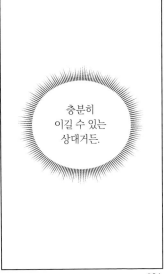

충분히
이길 수 있는
상대거든.

워~! 다은 햄 대박이네!

인제 왼손도 잘 쓰는데?

흥

저까짓 거 뭐 대단한 거라고….

마! 짜슥들아!

앞에!

너 이 X끼…!

흥, 모르는 척하기는.

햄 나가기나 해라.

와?

5파울이니까.

어구한 날 시비진에 파울에 퇴장당하기나 하고···

JISANG 23

···

근데

쟤는 왜 이제야 나온 거지?

저번에 꽤 괜찮게 하지 않았나?

6

이럴 때일수록

힘을 합쳐서
이겨내자고!

팀을 뭉치게 하는
방법 첫 번째.

공공의 적을
만들어준다.

팀을 뭉치게 하는
방법 두 번째.

우어?

......

생각
안 해봤는데….

지상 00 : 00 조형
SCORE 54 PERIOD 4 SCORE 62

어휴
진짜…

징하게
안 들어가네.

후…

상호.

니 인제
우얄래?

저번 대회 이후로
니 슛 없는 거
전국이 다 알게
됐는데.

그 전 같은
기만 작전은
안 통할 기라고.

숏이 늘지
않으면은

앞으로는
1분도 뛸 수
없을 기다.

아무리 던져도
안 드가는 거를
어예 해야

야.

너 뭐야?

누군데 남의 체육관에 들어와 있…

…어?

합동 훈련이
오늘부터였구나

쿵일
쿵일

저기…

저번 대회는
잘 마무리했어요?

뭐…

너희랑 경기한
다음부터는 그냥
시간 채우는 식으로
뛰면서 끝냈어.

8강에서 떨어지긴
했지만 어쨌든 실적도
하나 만들었고.

……

다리는
괜찮은 거예요?

그냥저냥.

병원에시는 이제
운동해도 된다고 했는데
우리 선생님이 자꾸
못 뛰게 하는 바람에
지금 몰래 나온 거야.

그러니까
나 여기서 봤다고
얘기하진 마.

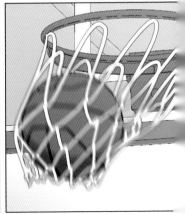

220

생각보단 나쁘지 않은데?

볼 줄기도 괜찮고.

그냥

이런 건 거의 거리감이 부족해서 그런 건데

에임이 구데기인 거 같아.

많이 던지는 수밖에 없어.

하….

왜 그렇게 한숨을 쉬어?

JISANG

아뇨 그냥… 다들 똑같이 얘기해서요.

많이 던지는 수밖에
없다고들 하는데

아무리 던져도
느는 느낌이 없고…

이럴 때면
태성 햄 말이 맞는 건가
싶기도 하고….

태성 햄?

왜 그 우리 팀
23번 형이 맨날 하는 말
있거든요.

슛도
재능빨이라고.

많이 던져서
늘 수 있는 거였으면
농구 선수들 전부
3점슛 50퍼센트로 넣었을
거라고….

푸핫!

부럽다.

그런 생각으로도
계속 농구 할 수 있어서.

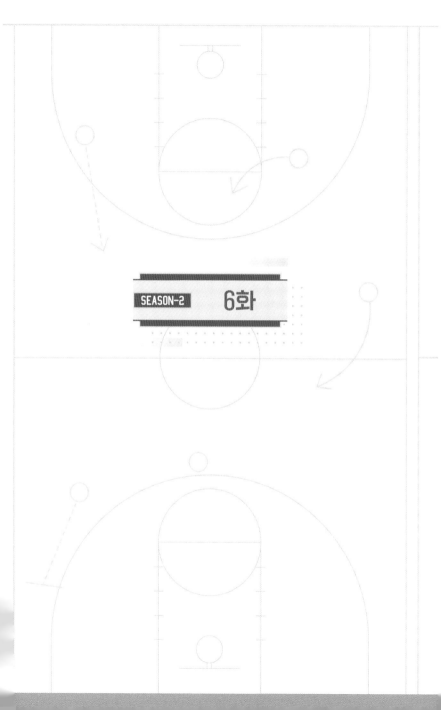

SEASON-2　6화

GARBAGE TIME

이런 애들이랑
1점 차로
비비적댔다니

되게
짜증 나네.

형 같은
사람은 모르겠죠.

누구는 밤에 혼자
수백 번씩 던져도
게임 뛰지도 못하는데….

날 때부터
남들보다 빠르고
힘세고…

……

맞아.

너네 말이
틀린 건 아냐.

그래도

누구는 하나를 해도
열만큼 늘고

어떤 애들은 열을 해도
하나밖에 안 늘어.

가만히 있는 거보단
슛 한 번이라도 더 하는 게
낫다는 거

너도 알고 있으니까
지금 여기 있는 거잖아.

들어보니까
슛 때문에 게임에
못 들어가는 모양인데

그게 무슨,
전문 슈터만큼
잘 던져야 한다는
얘기도 아니고

노마크 3점슛
던져볼 수 있는 정도라면
누구든 할 수 있어.

너네들 얘기가
해당되는 레벨은
저 위에 있다고.

그러니까
어리광 그만 부리고
될 때까지 슛이나
던져.

그리고 너

저, 정말요!?
대사가 좀 간지럽긴 한데…

잠깐만.

아마 고등학교 가드 중에 네가 못 막을 놈은 없을 거야.

나보다 잘하는 앤 없으니까.

근데 너 왜 나 형이라고 부르냐?

형 아니에요?

맞긴 맞는데….

솔직히 고등학생으론 안 보여서….

… 아무튼 난 이제 간다.

땀 많이 흘리면 티 나서.

알았어요.

기상호요.

내 이름은
알아?

박병찬 맞죠?

응.

그래,

또 보자.

하나 있다고
말했어야 했나.

와아악!!!
이겼다악!!!

다행이네.
달리기는 잘해서.

감독님!
쟤네랑
다음 연습 게임
언제 해요!?

뭔 소리고?
내일이 대회인데
께임하다 다칠 일
있나?

아!

재유 인마,
정신 안 차리나!?

에휴…

…
뭐라 해야 되노….

집중을 못 하고…
그 전보다 의욕 없이
보인다고 해야 하나…
아무튼 그렇습니다.

뭐가 그리
못마땅해?

점마가
요즘 들어가
쫌…

걱정이 많겠어.

그렇죠 뭐.
아무래도 제일
중요한 놈이니까.

분명히
잘하는 녀석이긴 한데

경기하는 걸
보고 있으면 어딘가…

답답하다는
느낌이 들어.

그럼 어떻게
해야 합니까?

그걸 왜
나한테 물어? 니가
알아서 해야지.

하…
당장 내일이
대회인데….

그래도
모르는 일이야.

애들은
금방금방 바뀌거든.

저번 대회에 봤던
상대 팀 아이가
다음 대회 때 한 뼘씩
커서 오기도 하고

앞에 경기 부진했던
아이가 다음 경기를
이끌기도 하고

한 쿼터 말아먹은
녀석이 타임아웃 이후에
날아다니기도 해.

그러니까
포기하지 마라.

이번 대회에
너희한테도

포기는 하지 않습니다.

다만…

◀남고부▶ (16개팀)			
A	선대부고	강문고	종원공고	양훈사대
B	지상고	신유고	원중고	상평고
C	장도고	주용상고	방용고	도진고
D	무준고	기호전자	진훈정산	조형고

대진운이….

경기장 질서문란 행위근절

우리 경기
얼마나 남았노?

한참 남았어요.

아 X나 늘어지는데.
와 이래 일찍
와가지고….

심심한데
뭐 할 거 없음?

있죠.

뭔데?

악역 놀이.

그게 뭔데
X덕아.

하.

저 녀석들의 농구

딱 고교 수준인걸?

더 볼 가치가 없겠어. 가자.

어디 가노?

니는 븅X마냥 눈은 왜 감고 있는데?

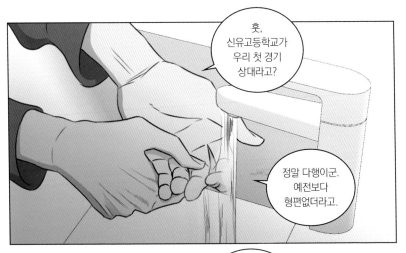

6권에서 계속

GARBAGE TIME

가비지타임 5

초판 1쇄 발행 2023년 6월 2일
초판 2쇄 발행 2024년 6월 1일

지은이 2사장
펴낸이 김선식

부사장 김은영
제품개발 정예현, 윤세미 **디자인** 정예현
웹툰/웹소설사업본부장 김국현
웹소설1팀 최수아, 김현미, 심미리, 여인우, 이연수, 장기호, 주소영, 주은영
웹툰팀 이주연, 김호애, 변지호, 안은주, 최하은
IP제품팀 윤세미, 설민기, 신효정, 정예현, 정지혜
디지털마케팅팀 지재의, 박지수, 신혜인, 이소영
디자인팀 김선민, 김그린
저작권팀 한승빈, 윤제희, 이슬
재무관리팀 하미선, 김재경, 윤이경, 이보람, 임혜정 **제작관리팀** 이소현, 김소영, 김진경, 박예찬, 이지우, 최완규
인사총무팀 강미숙, 김혜진, 지석배, 황종원 **물류관리팀** 김형기, 김선민, 김선진, 전태연, 주정훈, 양문현, 이민운, 한유현
외부스태프 리채(본문조판)

펴낸곳 다산북스 **출판등록** 2005년 12월 23일 제313-2005-00277호
주소 경기도 파주시 회동길 490
전화 02-704-1724 **팩스** 02-703-2219 **이메일** dasanbooks@dasanbooks.com
홈페이지 www.dasan.group **블로그** blog.naver.com/dasan_books
종이 아이피피 **출력·인쇄·제본** 상지사 **코팅·후가공** 제이오엘엔피

ISBN 979-11-306-4285-7 (04810)
ISBN 979-11-306-4300-7 (SET)

다산북스(DASANBOOKS)는 독자 여러분의 책에 관한 아이디어와 원고 투고를 기쁜 마음으로 기다리고 있습니다.
책 출간을 원하는 아이디어가 있으신 분은 다산북스 홈페이지 '원고투고'란으로 간단한 개요와 취지, 연락처 등을 보내주세요.
머뭇거리지 말고 문을 두드리세요.